WINDS OF CHANGE

Novelle in Flash Fiction

Sylvia Petter

Deutsche Fassung von dan*ela beuren

WINDS OF CHANGE

Vorspiel

Der Wind der Wende blies von Leipzig aus nach Chemnitz, verwandelte es in Karl-Marx-Stadt und wieder zurück. Niemand erwartete solche Veränderungen von einer Brise. Erst war es nur der Atemhauch über einer Kerze, mit anderen vereint im Ruf nach „Freiheit", doch er wuchs zu einem Orkan, der so stark war, dass er eine Mauer zum Einsturz brachte.

Aber der Wind ist wetterwendisch und unberechenbar, manchmal entfacht er Angst und Misstrauen. Der Wind kommt und geht, er ist sanft oder zerstörerisch, aber immer bringt er Veränderung.

„Wind ist die Bewegung der Luft über die Erdoberfläche."

Das mussten sie im Geografie-Unterricht auswendig lernen. Es war ihre einzige falsche Antwort bei der Prüfung, und die merkten sie sich.

An all die richtigen Antworten erinnern sie sich heute nicht mehr. Es gab damals noch andere Geografie-Fragen:

Was ist Regen?
Was ist ein Morast?

Vielleicht ist es gut, dass sie sich nicht an die richtigen Antworten erinnern.

Die einzige falsche von damals kann ihnen jetzt Hoffnung geben.

Dieter S.

Ich heiße Dieter S. Ich bin Mitarbeiter des Ministeriums für Staatssicherheit der Deutschen Demokratischen Republik, kurz Stasi.

Ich war von Anfang an dabei. Im Karl-Marx-Jahr 1953 wurde Chemnitz umbenannt. Bis die Büste von Marx fertig war – bei einem solchen Kopf braucht man keinen Körper –, dauerte es seine Zeit, fast 20 Jahre, aber die wars auch wert. Am 9. Oktober 1971 wurde sie eingeweiht. Was für ein Tag! Die Karl-Marx-Allee nannten wir „Nischelgasse[1]". Das war ein Scherz. Ja, wir hatten Humor, aber unser Wahrzeichen liebten wir. Tausende kamen zur Enthüllungsfeier. An diesem Tag traf ich meine Hildegard.

---

[1] Nischel: mitteldeutsches Wort für Schädel

Stacheldrahtsonntag

1961 - Dieter S.

Ich ging mit Hildegard wandern im Kyffhäuser. Vom Barbarossadenkmal aus schauten wir über die Grenze nach Bayern. Nichts hätte uns gehindert, hinüberzugehen. Kein Stacheldraht, kein Zaun, keine Mauer.

„Walter Ulbricht sagte, es wird keine Mauer geben."

„Stimmt", sagte Hildegard, „aber er hat das Wort ‚Mauer' ausgesprochen."

„Wie soll man sowas überhaupt bauen? Womit? Und wer sollte das machen?"

„Die Leute flüstern verrücktes Zeug. Viele sind weggegangen. Die Intellektuellen verschwinden."

„Aber das ist die Elite. Die haben doch immer fettere Weiden gesucht, oder sagen wir, fette Moneten?" Ich legte meinen Arm um ihre zarte Figur. Sie war so zerbrechlich. Ich musste sie beschützen.

„Wir sind einfache Leute. Wir arbeiten, wir leben, und wir sterben. Wir können nichts ändern. Wir brauchen nicht in den Westen zu gehen. Das Gras ist auf unserer Seite ebenso grün," sagte ich.

„Aber hier gibt es fast nichts außer unserem Zuhause. Hier das Dach decken, dort einen Ziegelstein am Schornstein festmachen."

„Hildegard, warum sollen wir unsere Heimat verlassen? Wozu? Bloß um Heimweh zu kriegen?"

„Du hast recht, Dieter", sagte sie und lehnte sich an mich.

Wie schön die Aussicht da oben ist.

Jetzt ist es Zeit, Rast zu machen und eine Kleinigkeit zu essen, die frische Höhenluft zu genießen und ein paar Scheiben Schwarzbrot vom Vortag, nicht frisch aus dem Ofen, das kann den Magen verderben, dazu Thüringer Rotwurst, die Königin der Blutwürste, und das alles mit einer Flasche Malzbier aus meinem Rucksack runterzuspülen. Dann ruhen wir uns aus. Vielleicht singen wir sogar, bevor wir den Heimweg antreten.

„Hast du die jungen Leute dort gesehen? Die machen auch Rast. Und sie singen", sagte Hildegard und summte mit. Ich schaute zu den jungen Männern rüber und fuhr mit der Hand durch die Luft wie ein Dirigent; einer lachte und nickte mir zu. Das war Kai T. Ich hatte bereits eine leere Kartei mit Foto für ihn angelegt. Er ahnte nicht, wie nahe wir uns noch kommen würden.

Tief drin im Kyffhäuser sitzt König Barbarossa, sein Bart wächst um den Tisch, die Arme hat er aufgestützt, sein sorgenschweres Haupt in die Hände gelegt. Er wird erwachen, wenn Deutschland geeint ist. Einmal war es schon beinahe soweit, aber Faschismus ist nicht die Lösung. Unsere Deutsche Demokratische Republik ist die Lösung. Vielleicht wäre eine Mauer sogar gut, damit der Faschismus sicher draußen bleibt.

Das erste Detail

1962

Dieter S.

Kai T. war mein erster Fall. Er war jung, 22, und konnte noch geformt werden. 1961 war er fast über die Grenze gegangen. Etwas hatte ihn zurückgehalten. Wäre er gegangen, wenn ich nicht dagewesen wäre? Aber damals kannte er mich nicht. Und meine Aufgabe war es, dafür zu sorgen, dass sich das nicht änderte.

„Wohin geht er?" fragten sie. „Was tut er? Behalten Sie ihn im Auge. Berichten Sie."

Lehre als Dreher, Fabrikarbeiter, mochte die Kollegen, ging gern mit ihnen auf ein Bier. Nichts Politisches. Nicht einmal Lieder von Wolf Biermann. Keine Drogen. Ein feiner Junge.

Aber Kai T. schwätzte gern. Ja, er machte seine französischen Kollegen nach. So viele von denen kamen, um in unserem Paradies zu arbeiten. Kai T. konnte gut als einer von ihnen durchgehen, weshalb die Mächtigen eine bessere Verwendung für ihn sahen und ihn zur Ausbildung als Simultan- und Konsekutivdolmetscher schickten. So kam er in den 70er-Jahren in den Westen, genauer gesagt nach Genf. Ja, und das verschaffte mir sogar eine Reise nach drüben, in offiziellem Auftrag natürlich.

Die Beobachtung von Kai T.

1967

Dieter S.

In den späten 60ern war Kai T. mit einer tschechischen Dissidentin zusammen. Das wurde auf eine andere Art interessant. Ja, es war wohl mehr eine körperliche als eine geistige Begegnung, soweit ich das mitbekam. Glückstreffer. Es wurde erwartet, dass ich bis in ihre innere Mechanik folgte, um rauszufinden, wie sie tickten. Wir wühlten im Leben der anderen, und ich muss zugeben, ich war eine der besten Wühlmäuse geworden, und die Mächtigen wussten, dass ich meinen Mund halten konnte, selbst meiner lieben Hildegard gegenüber.

Ich kam gerade aus dem Pissoir, als ich aus dem Raum mit der Aufschrift „Privat" Geräusche und Stöhnen hörte. Ich versteckte mich hinter der Tür und konnte sie durch einen Spalt sehen, als sie herauskamen. Klick. Klick. Ich hatte beide im Kasten. Mir vorzustellen, was sie da drin getrieben hatten, war eine Art Zusatzvergnügen in meinem Job. Hildegard hätte das nicht gefallen, stimmt, aber zumindest in dieser Hinsicht blieb ich anständig.

Jahre später in Berlin sah ich ihn wieder, als er sich um eine Fahrkarte nach Prag anstellte. Und da war dieser laute Ausländer. Irgendwie sind die ja alle laut. Der Mann und seine Frau waren auf dem Weg nach Karl-Marx-Stadt. Und mein Junge sagte etwas zu ihm. Vielleicht war Kai T. ja doch ein Spion. Dem musste nachgegangen werden.

Die Begegnung mit Magdalena

1967 - Kai T.

Magdalena kam über die sogenannte Friedensgrenze zwischen den Warschauer-Pakt-Staaten. Ich begegnete ihr in einer Kneipe in Karl-Marx-Stadt. Sie meinte, das tschechische Bier schmecke besser, und sie würde mich zur Verkostung einladen, aber vorläufig tue es auch ein Pils von hier. Lachend warf sie ihren Kopf zurück und fragte: „Und wann tun wir es?"

Das haute mich um.

„Du bist so deutsch", sagte sie.

Ich antwortete nicht.

„Sei nicht böse," sagte sie. „Viele deutsche Touristen kommen zu uns nach Prag, deine und die anderen Deutschen. Ihr seid euch furchtbar ähnlich. Aber ich mag dich trotzdem", fügte sie hinzu und nahm meine Hand. „Also, gehen wir?"

„Du kommst aber zügig zur Sache", bemerkte ich.

„Genau!" antwortete sie lachend.

„Machst du das immer so?"

Sie blieb stehen. Ihr Gesicht wurde ernst, fast traurig. „Nein", sagte sie. „Aber ich hab nicht viel Zeit. Daheim geht es rund."

„Was meinst du damit?"

„Ich will es wie Jiři machen."

„Was?"

Sie warf den Kopf zurück. „Er ist mein Freund."

„Du möchtest mit mir Liebe machen?"

„Ich will nur ficken", sagte sie und grinste wieder. Sie hielt noch immer meine Hand. Jetzt drückte sie sie, und dann sah sie wieder ernst und fast traurig drein. „Jiři ist ein leidenschaftlicher Mann. Ich liebe ihn. Aber er fickt herum wie wild. Ist nicht seine Schuld. Die Mädchen stürzen sich auf ihn. Es ist die Politik. Er möchte die Welt verändern. Er liebt und lebt die Gefahr. Ich will wissen, wie das ist. Nur der Körper, kein Herz dabei. Das ist alles. Spielst du mit?"

Mir schwirrte der Kopf. Keine Frau, kein Mädchen hatte sich mir je so auf dem Präsentierteller angeboten. Ich wäre blöd, das nicht anzunehmen. Wohin sollten wir gehen? Ich konnte sie nicht mit zu mir nehmen. Das würde jeder mitbekommen. Jeder würde die hübsche Blonde sehen, die mich begleitete. Es musste also woanders sein.

„Mein Zug geht in einer Stunde", sagte sie. „Also beeilen wir uns. Ich möchte ihn nicht deswegen versäumen."
„Deswegen?" Sie benutzte mich.
„Ja, genau so ist es", sagte sie.
Sie konnte meine Gedanken lesen.
Sie grinste.
Mein Glied wurde steif.
Sie strich mit dem Handrücken darüber.
Ich packte sie am Arm und zog sie den Korridor entlang zu den Toiletten. Auf dem Raum daneben stand „Privat". Die Tür war offen. Der Schlüssel steckte innen. Mit einer Hand drückte ich sie gegen die Wand und mit der anderen sperrte ich ab.

Sie stand in der offenen Tür des Waggons und schickte mir einen Kuss. „Komm mich mal besuchen", sagte sie mit der Stimme eines Stars aus einem Schwarzweißfilm und warf mir etwas zu, das aussah wie eine Visitenkarte.

Briefe an Magdalena

Karl-Marx-Stadt 1968
Liebe Magdalena,

das mit Jiří tut mir so leid. Ich weiß nicht, was ich sagen soll. Hier hörten wir, dass unsere sowjetischen Brüder Dinge in Ordnung bringen mussten, die außer Kontrolle geraten waren. Ich hab nicht erwartet, nochmal von dir zu hören. Danke für deinen Brief. Gut, dass du in der Wohnung bleiben kannst. Die Zeit heilt alle Wunden. Ein Jahr ist es jetzt her. Wir haben eine neue Verfassung, und die Rechte unserer Arbeiter sind ausgeweitet worden, die Arbeiter auf dem Land und in der Stadt sind jetzt gleichgestellt, und das Volk regiert. Kaum zu glauben, was? Ich hoffe, wieder von dir zu hören, verstehe aber, wenn das nicht möglich ist.

Herzlich,
Kai

*

Das war der erste Brief, den ich zurückbehielt. Kai T. war keine Bedrohung. Er wollte nicht einmal weg. Er war ein Niemand. Irgendwie tat er mir leid. Ich führte ein vergleichsweise reiches Leben. Mit Hildegard konnte ich darüber nicht sprechen, also versteckte ich meine persönliche Akte mit der Korrespondenz von Kai T. in einer Schatulle in unserem Keller.

*

Karl-Marx-Stadt 1972
Liebe Magdalena,

11

Eine ganze Weile hatte ich nichts von dir gehört, aber ich musste immer an dich denken. Ich bin so dankbar für deinen letzten Brief. Ich verstehe gar nicht, wieso du nur so wenige von mir bekommen hast. Alle paar Monate schreibe ich dir, auch wenn du nicht antwortest. Bald werden wir zwischen deinem Land und meinem kein Visum mehr brauchen. Auch nicht für Reisen nach Polen oder Ungarn.

Dann müssen wir uns nicht mehr um Visa anstellen, aber, wie ich höre, für Plätze im Zug. Reisen ist immer noch teuer, aber ich bin am Sparen.

Ich denke oft an dich.

Herzlich,
Kai

*

Natürlich musste ich einige Briefe durchlassen, ein paar für die Zustellung und ein paar für seine Akte im Hauptquartier, die gesichtet und dann in Berlin archiviert wurden. Man weiß ja nie.

*

Karl-Marx-Stadt 1985
Liebe Magdalena,

du musst entschuldigen, aber ich finde unsere vielsagenden, im Dunkeln tappenden Botschaften und meine Erinnerungen an unsere Begegnung so schmerzhaft und doch so erregend.

*Ich sitze hier mit einem Glas unseres Pils, das nicht so gut
schmeckt wie das tschechische, so sagtest du, und ich habe dich vor mir,
dein Lachen, dein Lächeln, deinen leicht verschwitzten, süßlichen Geruch,
mein Herz rast, meine Hand ist deine, die über meinen Penis streicht,
einen Knopf, zwei Knöpfe meiner Hose öffnet, drei, langsam, um es noch
hinauszuzögern. Wir sind noch einmal hinter der Türe, auf der „Privat"
steht, mit einer Hand halte ich dich sanft gegen die Wand und knete deine
Brüste, höre dein Herz klopfen, mit der anderen drehe ich den Schlüssel
langsam um und fixiere ihn im Schloss, damit ich voll und ganz bei dir
sein kann, dich fühlen, dich füllen kann.*

Magdalena, ich habe meine Fahrkarte. Ich komme. Nach Prag.

*In Liebe, erwartungsvoll,
dein Kai*

*

Den mochte ich am liebsten. Er war schon abgegriffen,
so oft hatte ich ihn gefaltet, entfaltet, wieder gefaltet und ja,
befummelt, wenn ich allein war. Ich musste nach Prag. Ich
musste Kai T. folgen. Es würde meine letzte Reise nach
draußen sein. Das konnten sie mir nicht abschlagen. Es war
mein Abschiedsgeschenk.

Körbe in Genf

1975 - Dieter S.

Kai T. wurde Dolmetscher für die deutsche Sprache. Da die Konferenz über Sicherheit und Zusammenarbeit in Europa nicht nur in UNO-Sprachen, sondern auch auf Deutsch abgehalten wurde, mussten Fachkräfte aus allen deutschsprachigen Ländern mitwirken: aus Österreich, der Schweiz, unserer DDR und der BRD. So kam Kai T. dazu, und darum konnte auch ich, Dieter S., nach Genf reisen. Ein Traum wurde wahr, wie ich ihn mir nicht vorgestellt hatte.

Die Themen der Konferenz wurden nicht Tagesordnungspunkten, sondern „Körben" zugeordnet. Wie Obst und Gemüse auf eben aufgebauten Marktbuden durcheinander purzelt, so drängelten sich die Vorschläge um Unterstützung.

Entlang der innerdeutschen Grenze schossen Fernsehantennen aus dem Boden. Über den Äther wurde das Paradies zur Schau gestellt. Zwölf Jahre davor hatten acht Ostdeutsche mit ihrem Bus die Berliner Mauer durchbrochen.

Es war im September 1974, als eben eine europäische Einigung über den freien Zugang zu Informationen erzielt worden war und Kai T. von einem langen Wochenende in seiner Heimatstadt zurückkehrte.

Ich war ihm gefolgt, selbstverständlich diskret, und saß nun in Hörweite seiner Unterhaltung mit einer Schweizer Kollegin im Café des Konferenzzentrums.

„Ich komme aus Karl-Marx-Stadt", sagte Kai.

Die junge Frau beugte sich vor. In den drei Monaten gemeinsamer Arbeit im selben Büro hatte er keinerlei Details über seine Heimatstadt erwähnt. Das hätte ich mitbekommen. Diese drei Monate waren von der Spannung aufgeladen, nicht bloß einen neuen Kollegen kennenzulernen, sondern nicht zu wissen, ob er ein Spion war. Schließlich arbeiteten Ost und West hier erstmals zusammen und probierten aus, wie weit sie gehen konnten. Außerdem war Kai attraktiv. Wie er erklärte, lebte er die großen Visionen von Sartre, Montand und Simone Signoret: das Recht auf Arbeit und die Pflicht zur Arbeit, das Recht auf Bildung, Gesundheitsversorgung und Wohnen. Ein Paradies ohnegleichen. Der Zauber wirkte. Wir glaubten daran.

„Hast du einen Unterschied bemerkt, nachdem du in Genf warst?" fragte sie.

Kai T. nickte langsam. „Letzten Samstag sah ich auf dem Markt Tomaten in einer Kiste glänzen. Eben wollte ich nach einer greifen, da keifte mich eine fette Alte mit grauer Schürze an: ‚Was glauben Sie eigentlich, wo sie hier sind?' Ohne nachzudenken, antwortete ich wie aus der Pistole geschossen: ‚In Genf'."

An Weihnachten fuhr Kai T. heim nach Karl-Marx-Stadt. Er kehrte nie mehr nach Genf zurück.

Briefe an Kai T., aufbewahrt von Dieter S.

Prag 1968
Lieber Kai,

Die Freiheit stirbt in unserer Stadt. Wir hatten so große Hoffnungen. Es war Frühling. Unser Frühling. Neues Leben wuchs in unserer Stadt. Auch für mich. Mehr kann ich noch nicht sagen.
Ich umarme dich,
Magdalena

*

Da war was im Busch. Ich fragte mich, ob wohl was Kleines unterwegs war. Kai T. sollte sich das nicht fragen. Diesen Brief konnte ich nicht durchlassen, also nahm ich ihn in meine Kai-T.-Sammlung auf. Eine große Briefschreiberin war die mysteriöse Magdalena ja nicht. Auf eine Weise schützte ich Kai T.

*

Prag 1972
Lieber Kai,

Ich würde so gerne von dir hören, wissen, was du machst. Meine Tochter wäre jetzt fünf. Aber ich konnte nicht anders. Das war keine Welt für das neue Leben in mir. Verzeih.
Innig,
Magdalena

*

Den konnte ich auch nicht durchlassen, ganz klar. Kai T. sollte nie erfahren, dass das Kind möglicherweise, nein, ganz sicher, von ihm war.

*

16

Prag 1985
Lieber Kai,

Die Zeiten ändern sich. Ich spüre es. Ich wünschte, du würdest eines Tages
kommen.
Ich glaube, nein ich weiß, ich liebe dich.
Magdalena

*

Hielt sich wohl für eine Wahrsagerin, diese Magdalena. Wenn etwas in der Luft läge, wären wir die ersten, die es wüssten. Ganz klar. Vierzig Jahre Erfahrung mussten schließlich für etwas gut sein.

Unterwegs mit dem Halleyschen Kometen

1986 - Kai T.

Ich hatte Geld zur Seite gelegt. Jeden Monat ein paar Mark. Ich wusste, für einen Trabbi würde es nie reichen, die Wartezeit betrug immer noch einige Jahre. Fünfundzwanzig Jahre war es nun her, dass ich fast nach drüben gegangen wäre. So viele waren weg. So viele hatten es nicht geschafft. Die Mauer war Wirklichkeit geworden. Ulbricht hatte es ausgesprochen, Honecker führte es aus. Klar, nicht überall war Mauer. Stacheldraht. Niemandsland. Kontrolltürme. Soldaten. Soldaten, die Verräter erschossen, Volksfeinde, wie sie sie nannten. Unsere Feinde. Ja doch. Du kannst raus. Unsere Brüder und Schwestern in befreundeten Staaten besuchen. Schau dir an, wie sie leben, und wie viel besser es uns hier geht. Und so stand ich in der Schlange im sakral wirkenden Haus des Reisens mit dem *Reisebüro der DDR* am Alexanderplatz.

Die Schlange bewegte sich langsam. Formulare waren auszufüllen, Fragen zu klären, Geld war zu wechseln. Für jede Transaktion gab es eine extra Schlange. Eine Fahrkarte nach Prag zu erwerben, konnte Tage dauern. Ein befreundetes Ehepaar, sie Richterin, er Klempner, war beim Frühstück mit Hochglanz-Büchern über Städte und Länder in aller Welt beschäftigt. Unsere Kunstbücher waren für ihre Qualität berühmt. Kultur war ein geistiger Schatz. Wenn sie Rom sehen wollten, so erzählten die beiden, nahmen sie den Fotoband aus der Volksbuchhandlung zur Hand, sie simulierten das Einsteigen ins Flugzeug, den Flug und die Landung; sie waren schon nach Moskau geflogen und kannten den Ablauf bis hin zu den Sicherheitshinweisen. Fahr in unsere Nachbarländer, sagten sie. Den Rest kannst du dir ja vorstellen. Wir haben Bücher und Kassetten. Viel angenehmer ohne all die Touristen. Aber Geduld bringt Rosen.

„Kein Wunder, dass der Halleysche Komet hier drüberfliegt!" Eine männliche Stimme dröhnte durch die Halle. Alle wandten sich um. Wer? Was? Das Flüstern wuchs in Wellen, dann verebbte es.

„Ein Fremder", sagte jemand. „Wer sonst würde es wagen."

Die Frau neben dem Sprecher zog ihn am Ärmel und zischte.

Er schüttelte sie ab. „Stimmt doch", sagte er. „Der würde hier ewig auf ein Visum warten!"

Ich unterdrückte ein Lächeln. Ich sah mich um und merkte – ich war nicht der Einzige. Hier hielt jemand sich die Hand vor den Mund, dort schlug wer die Augen nieder.

„Ziemlich viel Geld zu wechseln, jeden Tag", setzte der Mann fort.

Wieder zischte die Frau. Alle warteten ab und beobachteten die beiden. Dann kamen sie mit ihren Papieren vom Schalter zurück.

„Ganz schön schlau, der Komet", sagte der Mann. „Der kommt die nächsten 75 Jahre nicht wieder."

Ich sah die beiden aus dem Gebäude gehen, hörte das Flüstern rundum, rückte in der Reihe vor. Die Warterei war tödlich, doch ich würde meine Fahrkarte nach Prag bekommen.

Prager Träumerei

1986

Kai T.

„Weißt du, dass Jiři ein Freund von Jan Palach war?" fragte
Magdalena, als wir über die Karlsbrücke vorbei an den Statuen
gingen und stehen blieben, um an der Plakette des Heiligen
Nepomuk zu reiben, die von der Berührung so vieler Hände
und von so viel Hoffnung glänzte. „Jiři war immer gleich Feuer
und Flamme – für eine Sache, für eine Frau", fuhr sie fort. „Er
hatte so viele Frauen, und alle liebten sie ihn." Sie strich noch
einmal über die Plakette, bevor wir Richtung Malá Strana
weitergingen. „Meine Toleranz war stärker als jede Eifersucht.
Ich musste es akzeptieren", sagte sie und drückte meine Hand.
„Das lag an Jiřis Feuer; vom kleinsten Freiheitsversprechen
entfacht, griff es auf mein Herz über. So ging es ihm nicht nur
mit Frauen. Auch mit Politik. Er dachte wirklich, dass Dubček
einen neuen Frühling bringen würde.

Am nächsten Tag kamen die Panzer. Die Menschen
rannten hinaus auf die breite Straße zum Wenzelsplatz. Einige
wurden von Polizisten in khakifarbenen Uniformen mit weiß
glänzenden Helmen niedergeschlagen. Andere versammelten
sich in zufälliger Formation, wie die Grabsteine auf dem
jüdischen Friedhof: Sie waren nur Fleisch, das sich gegen Metall
stellte. Jiři war in der ersten Reihe, als die Panzer durch die
Menschen pflügten. Wie in Trance sah ich dabei zu." Sie
zitterte.

Ich nahm sie in meine Arme und wiegte sie, mitten auf
der Karlsbrücke. „Ganz ruhig", sagte ich. Das war alles, was
mir einfiel. Als sie sich beruhigt hatte, sagte ich: „Von Jan
Palach habe ich in der Zeitung gelesen."

Magdalena hörte still zu.

„An dem Ort stehen Blumen, bei seinem Foto."

„Es ist sowas wie ein Schrein", sagte sie.

„Ein Schrein der Freiheit."

„Freiheit heißt für jeden etwas anderes“, sagte sie. „Er kam bei einem Protest ums Leben“, fügte sie hinzu. „Jiři wurde fast am selben Ort getötet.“

Als wir zum Wenzelsplatz kamen, forderten Scharen von Demonstrierenden laut die Freilassung von Dissidenten. Die Polizei rückte vor. Ein Gerenne ging los. Wir wurden gefasst. Arme schlugen auf uns ein. Schlagstöcke gingen nieder. Ein Gewehrkolben traf Magda auf dem Kopf. Ich versuchte, sie aufzufangen, aber sie entglitt mir, fiel auf die andere Seite. Ich drohte sie zu verlieren. Blut strömte aus ihrer Stirn, ihre Halsschlagader pulsierte.

Ich sank zu Boden und hielt sie.

Magdalena starrte mich an, ihre Stimme war nicht mehr als ein Flüstern. „Wahre Freiheit?“

Meine Augen wurden feucht, Magdalena erschauerte, dann lag sie ruhig da.

Menschen wie du und ich

Dieter S.

Am Anfang war es nur ein Auftrag. Naja, vielleicht doch etwas mehr als das. Schließlich stellten wir ein ganz neues Land auf die Beine. Von Grund auf. Sicher, eine Hand wäscht die andere. Aber die Faschisten kamen uns nicht ins Land. Wir würden alle gleich sein. Ich war nicht so naiv zu glauben, dass nicht ein paar gleicher sein würden als der Rest. Die Staatsführung natürlich, und dann schickten wir auch Menschen rüber, wie Botschafter, wenn man so will. Wir schickten Leute zu Konferenzen. Nicht nur die Funktionäre, auch Übersetzer und Dolmetscher, wie Kai T. zum Beispiel, und unsere Sportlerinnen und Sportler, die besten der Welt. Hie und da halfen wir ihnen ein wenig. Aber alles unter ärztlicher Aufsicht, für den Sport, alles legal. Keine Drogen. Das schwöre ich. Blut schon. Aber reines Eigenblut, nichts dazugemischt.

Wir wollten diesen unzufriedenen Leuten im Westen zeigen, dass wir gut waren, und dass unser anständiges Leben besser war als ihre dekadenten Fernsehprogramme, und wie ihre jungen Leute kaputtgingen. Wir hatten etwas, woran wir glaubten. Am Anfang zumindest. Und später – klar, bist du erstmal drin im Spiel, kommst du nicht so leicht raus, und um Körper und Geist zusammenzuhalten, gibt es nur einen Weg. Der hat freilich seinen Preis. Aber das ist doch mit allem so?

Meine Aufgabe war es, über einen der Übersetzer oder Dolmetscher zu berichten, für mich ist da kein Unterschied, beide schreiben und sprechen, wechseln die Rollen, müssen vieles gleichzeitig machen. Stellen Sie sich mal vor, Sie sitzen als Sprachrohr und Kopfhörer für ein paar große Nummern, die nicht dieselbe Sprache sprechen, in der Sauna. Da konnte ich nicht dabei sein. Die mussten mir natürlich berichten, aber wieviel durchsickerte, werd ich nie erfahren. Da gab es vielleicht die ersten undichten Stellen. Ist ja jetzt egal. Wir hatten auch ein paar Frauen dabei, die waren Spitze. Bei der Gleichberechtigung für Frauen waren wir die Ersten, muss ich Ihnen sagen.

Es gab zwar Gerede, dass Frau Honecker ihren Erich um den Finger wickelte oder so. Aber sowas wurde nur hinter vorgehaltener Hand über unseren Vorsitzenden gesagt. Satire? Klar gabs Satire bei uns. Wir hatten den *Eulenspiegel* und das sowjetische *Krokodil*. Staatliche Satire natürlich, aber ganz ohne Humor gehts nicht. Wo war ich stehengeblieben? Ach ja. Die „Botschafter". Meiner war Kai T.

Er wurde zu einer Konferenz über Sicherheit und Zusammenarbeit in Europa nach Genf geschickt. Wir waren jetzt ein eigener Staat, von den Vereinten Nationen anerkannt, und es heißt ja, dabei sein ist alles. Stimmts? Und da kommen Leute wie ich ins Spiel. Staatssicherheit. Fühlt sich gut an! Du fühlst dich größer als die, die du beobachtest. Du hast die Macht. Und zum Reisen kommst du auch. In den goldenen Westen!

Kai T. bekam wohl Besuch in Karl-Marx-Stadt, von einer Kollegin aus Genf, da konnten wir nichts gegen machen, aber wir beobachteten sie, mussten wir ja. Staatssicherheit *oblige*. Ein bisschen Französisch kann ich auch. Aus dem schönen Frankreich kamen viele auf Arbeit zu uns in die Städte. Sogar Leute vom Film wie Yves Montand und Simone Signoret kamen rüber und schauten sich an, wie wir die Dinge angingen, und mein Botschafter sprach fließend Französisch. Musste er ja. Und unsere Eisprinzessin Katarina Witt lief bei internationalen Wettkämpfen und brachte immer den Sieg nach Hause. Es war wunderbar, zu sehen, dass Menschen wie du und ich von der Welt mit Respekt behandelt wurden. Meine Aufgabe war, dafür zu sorgen, dass es so blieb, egal um welchen Preis.

Der letzte Geburtstag

1989

Kai T.

Unter dem strengen Blick des riesigen Bronzekopfs oben auf dem Granitblock kreuzten sich auf dem Platz die morgendlichen Wege der Werktätigen wie Ameisenstraßen. Im Vorübergehen zwinkerte ich dem bärtigen Bronzegesicht zu. Marx zwinkerte nicht zurück.

Als ich an diesem Montagmorgen Ende August über den Platz ging, bemerkte ich drei Männer, die zusammenstanden. Ich hätte erwartet, jeder von ihnen würde bald seiner Wege gehen. Aber die drei blieben stehen, wie Schilfrohr, die Füße fest am Boden, die Körper schwankten leicht in ihrem Flüstern. Am nächsten Tag waren sie wieder da. Am Tag darauf waren es zwei Dreiergruppen, dann Vierer- oder Fünfergruppen. Eine Woche später sah ich zu meinem Erstaunen einzelne Touristen mit Kameras um den Hals oder in der Hand, um die lokale Atmosphäre – oder deren Mangel – auf Film zu bannen.

Ziemlich spät für Touristen. Der Sommer war fast vorbei, und abgesehen von Karl Marx und dem Roten Turm, dem ältesten Gebäude der Stadt, einem roten Tuffsteinbau am anderen Ende des Platzes, gab es nicht viel von touristischem Interesse. Aber sie schossen ihre Bilder von den Grüppchen, die sich an jedem Wochentag versammelten, bis es etwa vierzig oder fünfzig Leute in Dreier- und Vierergruppen waren.

Einer der Touristen wandte sich abrupt um, seine Kamera war direkt auf mich gerichtet. Der Auslöser klickte und ich schauderte, als er sich abwandte, mit meinem Bild als Beute.
Und dann waren sie weg. Einfach so. Der Platz gehörte wieder dem Verkehr der werktätigen Insekten.

Altweibersommer, die beste Zeit, alles herzurichten und ein Fest zu feiern. Die Stadt bereitete sich auf eine wichtige Feierlichkeit vor. Gerüste wurden aufgestellt, um Geburtstagsflaggen und Spruchbänder anzubringen, Blumenstöcke mit spätblühenden Pflanzen wie Chrysanthemen mit ihren großen Blüten, Europas liebste Friedhofsblumen. Wie jeder 40. Geburtstag würde auch dieser eine große Sache werden.

Vierzig Jahre. Jemand sagte einmal, die Jahre vor dem Vierzigsten wären bloß eine Kostümprobe für den eigentlichen Auftritt. Gäste waren aus Bulgarien, Frankreich, Polen, der Sowjetunion, Italien und England gekommen. In einem internationalen Potpourri saßen sie an der festlichen Tafel im zweiten Stock des Rathauses von Karl-Marx-Stadt, angereist aus fernen Partnerstädten, um den 7. Oktober 1989 zu feiern, den 40. Geburtstag der DDR.

Ich flüsterte den versammelten Festgästen die Dolmetschung der Willkommensreden und Danksagungen ins Ohr. Ich saß an der langen, damastbedeckten Tafel zwischen hergeneigten Ohren und Mündern, die unterschiedliche Sprachen und Ansichten trennten. Anstelle von *Happy Birthday* spielte ein Streichquartett Händels *Feuerwerksmusik*. Das war ein Zeichen des neuen 'rapprochements'. Fünf Jahre zuvor wäre diese für einen englischen Monarchen geschriebene Feuerwerks-Untermalung bei einem Festakt undenkbar gewesen. An diesem Abend fehlte ihr der pompöse und majestätische Glanz der Blechbläser. Ich bemerkte die Nervosität und das unruhige Umherrutschen auf den Sesseln links und rechts von mir, als von draußen laute Rufe nach ‚Freiheit' durch die strahlenden Töne der Streicher drangen.

Die Gäste wetzten hin und her, als wollten sie einem störenden Insekt entkommen, ohne seine Existenz einzugestehen. Die Sprechchöre schwebten im Kerzenschein herein, der sich im Dunst unter dem Fenstersims des klassischen Rathauses verlor.

Ein engmaschiges Netz der Angst hielt die Versammlung gefangen wie Löschpapier, das Tinte am freien Fließen hindert. Ich konnte die Spannung ringsum geradezu riechen, als hätten die ausländischen Gäste ungewollt auf Stinktierart einen schützenden Geruch abgesondert. Sie wussten, dass sie am nächsten Tag in die Partnerstädte zurückkehren würden, sie hatten ihre Pflicht im Namen des Sozialismus getan – und außerdem waren sie nur zum Feiern gekommen.

Der Druck stieg. In Leipzig und Dresden war es bereits zu Aktionen gekommen. Hier in Karl-Marx-Stadt wurde der frühere Name der Stadt, Chemnitz, in den Kneipen geflüstert.

Die Gruppen, die ich auf dem Platz gesehen hatte, waren alle Teil einer stillen, zurückhaltenden Bewegung, die Hände zum Protest erhoben wie Ertrinkende. Entgegen den Gerüchten aus dem Westen hatten die Bürgerinnen und Bürger dieses Landes das Recht, um Ausreisegenehmigung anzusuchen. Die auf dem Platz versammelt waren, hatten entweder eine Ablehnung bekommen oder eben erst einen Antrag gestellt – der abgelehnt werden würde. Es waren wohl Stasi-Leute gewesen, die die Fotos gemacht hatten, keine Touristen.

In der großen Halle mit ihren Lüstern aus dem berühmten Jenaer Glas, die an der Stuckdecke prangten, fühlte ich die Entwicklung der Ereignisse.
Die Versammlung draußen löste sich sanft mit dem Ausblasen von Kerzen auf.
Das gab den Besucherinnen und Besuchern drinnen die Möglichkeit, ohne Gesichtsverlust und ungesehen das Gebäude zu verlassen. Schon am nächsten Tag lagen Menschen auf den Eisenbahnschienen, um die Züge zu blockieren, die bis unters Dach belegt waren, und die Mitfahrt über irgendeine Grenze erzwingen. Die Grenzen wurden dicht gemacht. Wer durchkam, erkämpfte sich den Zugang zu einer westlichen Botschaft.

———

Ich nahm meine Unterlagen, schlüpfte in meine Jacke und umarmte mich dabei selbst, als wollte ich verhindern, dass mein Kokon lächerlicher Freiheit sich auflösen würde in einem Land, das gerade auseinanderbrach.

Der Tag, als der Himmel erstrahlte

9 November 1989

Dieter S.

Es war eigentlich Hildegards Idee, und ich konnte ihr den Ausflug nicht abschlagen. Sie wollte schon seit Ewigkeiten nach Berlin. Ich war schließlich in Prag gewesen, und im Westen, in Genf. In keiner der beiden Städte verstand ich viel von der Landessprache, aber ich muss zugeben, es war ein Erlebnis, Kai T. und seiner Magdalena in Prag nachzuspionieren und ihm ins Kasino von Divonne knapp hinter der Schweizer Grenze nach Frankreich zu folgen. Nee, das hab ich Hildegard nicht erzählt. Ich war schließlich draußen geblieben, um meinen Ausweis nicht zeigen zu müssen. An der Grenze brauchte ich keinen Ausweis, zumindest nicht an dem Übergang, den ich nahm. Es gab Dutzende Grenzstellen zwischen Frankreich und der Schweiz, und nicht alle waren besetzt. Die konnten von uns noch einiges lernen.

Als Hildegard den Wunsch äußerte, nach Berlin zu fahren, sagte ich Ja. Geht in Ordnung. Aber so viele Leute hatte ich nicht erwartet. Vielleicht war es nur der Schock, wieder in einer Großstadt zu sein. In Karl-Marx-Stadt war nicht viel los, und je näher ich meiner Rente kam, desto mehr Schreibtischarbeit hatte ich. Aber Hildegard wollte etwas erleben. Ich musste mit ihr nach Berlin fahren, in die Hauptstadt unserer großartigen Deutschen Demokratischen Republik.

Die Großartigkeit erklärte natürlich, dass all die Menschen hier herumschlenderten, nein, nicht schlenderten, wie eine große Welle über die Stadt hereinbrachen. Wir wurden von ihr erfasst, mussten mit dem Strom schwimmen und wurden über die Grenze gespült. Es musste legal sein. Niemand hielt uns auf. Niemand gebot dem Strom Einhalt. Hildegards Wangen röteten sich, ihr Atem stockte, als sie auf die Mauer deutete, die nun hinter uns lag. Ein einsamer Radfahrer fuhr oben auf unserem antifaschistischen Schutzwall!

Wir spürten den Druck der Körper um uns. Ich hatte meinen Arm um Hildegards Schultern. Sie war wie ein Vogel. Ich hielt ihren Flügel, drückte ihn an ihren Körper zum Schutz, um sie im Flug aufzuhalten.

Feuchte Wolle. War das der Regen, oder Schweiß? Von ihr? Von mir? Von den Menschen ringsum? Der metallische Geruch von Blut.

Die Luft zitterte wie im Lärm einer Party von jungen Leuten. Bumm. Bumm. Schwere Schritte. Wir wurden nach vorn gedrückt. Gerempelt. Ich versuchte, mich dagegenzustemmen.

Hildegard.
Ich musste achtgeben, dass sie von der Woge nicht erdrückt wurde.

Diese Woge. So stark. Zu stark. Das war nicht mehr normal. Jetzt passierte es. Es passierte. Wie ein Tsunami, der in den Gassen anschwoll, die Straßen überflutete, Checkpoint Charlie in der enormen Menschenmasse ertränkte.

Und mitten drin Hildegard.

„Ist das unsere Stadt?" fragte sie.

Wir waren ein Teil davon. Oder waren es gewesen. Das würden wir nie leugnen können.

„Aber wir waren privilegiert", sagte sie.
„Privilegien machen andere neidisch."
Sie entzog sich meinem Griff. Schwarze Scheiben waren ihre Pupillen. „Es fühlt sich an wie das Ende", sagte sie.

Ich zog sie wieder in meine Arme und drückte sie an mich. „Sind wir denn zu alt für einen neuen Anfang?"

Scorpions im Aufwind

1989

Kai T.

Es ist nicht immer alles, wie es scheint. Die Mauer ist gefallen, und ich pfeife. Ich pfeife, du pfeifst, wir pfeifen drauf. Ein großes Pfeifkonzert. Dabei war der Song gar nicht für uns gedacht. Er wurde für Gorbatschow geschrieben. Aber jetzt gehört er uns. Die *Scorpions* spielen den Song, und wir pfeifen ‚Winds of Change'.

Der Jahrestag

1999

Kai T.

Die Prager Burg war brechend voll. Der tschechische Präsident
saß mit heiterer Miene in der ersten Reihe des Auditoriums, zu
seiner Rechten hielt seine zweite Ehefrau seine Hand. Auf dem
Podium war Gorbatschow, solo, nachdem er seine Raisa trotz
aller Heilkünste der westdeutschen Kliniken verloren hatte.
Und dann noch Bush, mit seiner Barbara, würdevoll in ihrem
Perlenschmuck, sogar stolz auf ihr weißes Haar und, wie ihr
George, zuversichtlich, dass die Nachfolge in der Familie
bleiben würde. Gorbi und George waren also nicht alleine, wie
ich im Fernsehen mitkriegte. Beide hatten rot-weiße
Seidenbänder über die Brust gespannt, verliehen vom
tschechischen Präsidenten an alle Architekten der Freiheit,
zehn Jahre nach dem Berliner Mauerfall.

In Rente

1999

Dieter S.

Ich bin seit zehn Jahren in Rente. Entweder Rente oder Gefängnis, das waren die Optionen, aber zum Glück war ich nur ein kleiner Mitarbeiter gewesen. Von uns gab es zu viele zum Einsperren. Da hätte man gleich alle einsperren können.

Es hieß, wir seien nun ein Volk, aber nur die Wessis hatten es richtig gut. Wir Ossis verloren unsere Sicherheit. Das Recht auf Arbeit und die Pflicht zur Arbeit. Was war daran falsch gewesen? Jetzt mussten wir aufholen. Mein privilegierter Lebensstil, soweit es ihn gegeben hatte, war futsch. Keine InterShop-Ware aus dem Westen, jetzt wurde per Post bestellt. Das war einigen zu viel. Zum Glück hatte Hildegard den Katalog weggeworfen, nachdem ich ihn durchgeblättert hatte. Zu viel. Von allem zu viel. Wir waren Fremde in unserem eigenen Land. Die Jungen gingen weg, um bessere Stellen zu finden. Wir Alten konnten nirgends hin. Klar, wir konnten reisen – nur, mit welchem Geld?

Das Leben nach der Wende

1999

Kai T.

Wir hatten so große Hoffnungen. Auf den Märkten wimmelte es von Buden und Regalen voll mit Videos und CDs, die wir nicht spielen konnten, weil die Abspielgeräte für uns in den neuen Bundesländern zu teuer waren. Für unsere Ostmark bekamen wir nach der Wiedervereinigung nicht viel. Wir waren die Verlierer. Klar, wir konnten reisen – nur, mit welchem Geld? Die Jungen gingen in Scharen weg, um im Westen bessere Arbeit zu finden. Ich konnte verstehen, dass die Menschen sich beschwerten, dass sie es so nicht gewollt hatten. Pornovideos, Geräte, die kaputt wurden, McDonalds. Da war was schiefgegangen mit dieser Wiedervereinigung. Für die im Westen war es leicht, auf uns herabzublicken, uns zum Aufholen zu zwingen, vor uns ins neue Millennium zu springen. Ich musste herausfinden, was mit meinem Leben passiert war. Ich musste etwas über Magdalena erfahren.

Akteneinsicht 1

2015

Kai T.

Ich wartete und wartete. Innere Abwehr. Angst vor der Wahrheit. Was, wenn ein Freund oder Bekannter mir und Magdalena all die Jahre nachspioniert hatte? Was bedeutete das für sie? Was bedeutete es für mich? Aber als sie die Akten digitalisierten, musste ich es wissen. Zwar hieß es, digitale Akten über lebende Personen würden nicht herausgegeben. Doch Magdalena war tot. Genügte das? Eine Panne, und alles ist weg. Ich hatte ohnehin sehr wenig, was mich an meine Liebe erinnerte.

Ich stellte einen Antrag an den Bundesbeauftragten für die Stasi-Unterlagen in Chemnitz, ohne zu wissen, was ich vorfinden würde. Viele Dokumente waren geschreddert worden, sagte man mir, und das Zusammensetzen der Teilchen per Hand oder Computer konnte noch Jahre dauern. Wenn es nur irgendetwas gab. Irgendwas.

Als der Anruf kam, dass ich zur Akteneinsicht vorbeikommen sollte, schlug mein Herz schneller. Ich nahm einen tiefen Atemzug. Es war nicht so leicht, sich damit zu konfrontieren, was gewisse Menschen über meine Vergangenheit wussten, aber das interessierte mich gar nicht. Ich wollte meine Liebe und mein Leben zurück, so gut es ging.

Man brachte mich in ein Zimmer mit einem Tisch und einem Stuhl, nicht unähnlich dem Tresorraum in Banken, in dem die Kunden ihre Schließfächer öffnen lassen. Nach Jahren der Verweigerung war ich mein eigener Marathon-Mann geworden.

Eine Frau mit einem blauen Müllwagen kam herein und legte einen mitteldicken Aktenordner auf den Tisch. Er war weniger dick, als ich erwartet hatte. Naja, wie dick ist ein Leben?

„Klopfen Sie bitte an die Tür, wenn Sie fertig sind", sagte die Frau.
An die Tür klopfen, um rauszukommen.

Erstmal musste ich die Akte ansehen.
Am Anfang anfangen.

Kyffhäuser. Die Hügel. Der alte König Barbarossa. War die Mauer gefallen, weil er erwacht war?

So weit ging das zurück? 1961. Das war ja noch vor der Mauer. Wer war damals dabei? Wandersleute. Wir machten Brotzeit. Wir sangen. So jung waren wir damals.

Akten über die Eltern

2015

Kai T.

Ich öffnete eine Mappe. Handschriftliche Notizen eines gewissen Dieter S., dann getippte Seiten:

Ich hatte zwar gewusst, dass Kai T. Waise war, aber die Details erfuhr ich erst, als ich 1961 den Auftrag übernahm.

„Auf einem Tisch hatte sie Kaffee und Kekse vorbereitet. Es erfüllte sie mit Befriedigung, dass ein Offizier kommen wird, um sich zu entschuldigen, einer, der sicher nicht mit von der Partie war, als ein Flugzeug so tief vorbeiflog, dass sich ihre Mädchen im Arbeitsdienst zu Boden werfen mussten, darum wollte sie anstelle eines Olivenzweigs ein paar Kekse als Friedenszeichen offerieren. Es war kurz vor Weihnachten.

Es klopft an der Tür. Sie öffnet und sieht zwei Männer. Der eine, Offizier mit prächtigem Schnurrbart, die Kappe schräg auf dem Kopf, schlägt die Hacken zusammen und beugt sich über die Hand, die sie ihm entgegenhält. ‚Wir bitten vielmals um Entschuldigung. Ich werde dafür sorgen, dass so etwas nie wieder vorkommt.'

Sie nickte und zog ihre Hand zurück. Der zweite Mann war wohl ein einfacher Soldat, sie beachtete ihn kaum. ‚Darf ich Ihnen Kaffee und Kekse anbieten?'

‚Wir können leider nicht bleiben', entgegnete der Offizier und drehte sich zu seinem Begleiter, indem er ihm mit den Augenbrauen und einer leichten Kopfbewegung bedeutete, er solle gehen. ‚Also nur eine Tasse. Das ist sehr nett von Ihnen.'

Der Offizier legte seine Kappe ab und setzte sich an den Tisch. Der Soldat hatte verstanden und entfernte sich über den Korridor.

Sie hielt ihm die Keksdose hin. Er nahm eine ganze Handvoll. Da trat sie unter dem Tisch nach ihm. Er legte alle zurück bis auf zwei. Er kaute, schluckte, trank seinen Kaffee und, wie ich vermute, verliebte er sich."

So hatte Kai T. die Begegnung seines Vaters mit seiner Mutter im Jahr 1940 beschrieben.

Wörtliche Mitschrift über Kai T.s Vater, wie von Kai T. erzählt:

„Schließlich wurde mein Vater 1947 von den sowjetischen Besatzungsmächten verhaftet, 1949 von der Regierung der DDR wegen Kriegsverbrechen angeklagt und zum Tode verurteilt. Sein Prozess wurde 1951 wieder aufgenommen, er wurde neuerlich verurteilt, das Todesurteil wurde bestätigt. Im Juli 1952 wurde er in Dresden gehenkt.

Meine Mutter erholte sich davon nie. Sie starb vor der Zeit während des Aufstandes 1953. Man sagt, es war eine verirrte Kugel. Das hatten wir in dieser unserer neuen Heimat nicht erwartet."

Möglich ist alles. Sie sind mit Panzern gekommen. Also, ich meine, unsere russischen Brüder kamen uns zu Hilfe. Sie waren immer bereit für Hilfseinsätze. In meiner Akte gab es dann erst wieder Einträge ab dem Bau der Mauer. Es musste sich um eine Mitschrift handeln, die in Erwachsenensprache für die Nachwelt diktiert worden war. Sie würden ihm doch keine Worte in den Mund gelegt haben. Was für eine Anschuldigung! Damit heißt es vorsichtig sein. Sehr vorsichtig.

Akteneinsicht 2

2015

Kai T.

Im ersten Teil der Akte fand ich nichts Besonderes. Nichts, was ich nicht gewusst hätte. Kein Belastungsmaterial. Meine Eltern. Meine Arbeit als Dolmetscher. Genf. Andere Aufträge. Meine Visa.

Beunruhigend war die Tatsache, dass mich jemand beschattet hatte. Und noch beunruhigender, dass die Akten nicht alles enthielten, was geschehen war. Verrückter Gedanke. Die Menschen wollten doch wissen, was in ihren Akten war, und nicht, was fehlte.

Aber ich musste wissen, was sie über Magdalena gesammelt hatten. Über uns. Dort lag Magdalena begraben.

Ich blätterte weiter. Briefe, die nie abgeschickt wurden. Briefe, die ich nie erhalten hatte. Jene, die durchgekommen waren, waren gelesen worden. Ich sah, dass das Papier manipuliert war. Wörter waren geschwärzt worden. Aber irgendwann hatten sie wohl aufgegeben. Da war mein Visum für die Tschechoslowakei. Sogar eine Erwähnung des Halleyschen Kometen. Und noch davor, eine Notiz, dass ich mit einer jungen tschechischen Dissidentin Bier getrunken hatte. Dissidentin? Wenn aus einem One-Night-Stand Liebe wird? Wer war dieser Dieter S., der mich jahrelang beobachtet hatte, meine intimsten Geheimnisse bis hin zu meinen Unterhosen kannte und vielleicht sogar über die Länge meines Gliedes mutmaßte?

Der einzige Trost an dieser geschmacklosen Übung war, dass anscheinend eine Reihe von Briefen fehlte. Waren sie noch beim Schreddern? Oder hatte der Stasi-Mitarbeiter sie behalten? Unsere Liebesbriefe waren zum Teil angekommen, zum Teil zurückgehalten worden. Wer war dieser Mensch, der bis ins Innerste meines Lebens vorgedrungen war?

„Dazu können wir Ihnen keine Auskunft geben", sagte die Frau im dunkelblauen Staubmantel. „Sind Sie jetzt fertig?"

Ich übergab ihr die Akte und ging daran, meine Erinnerung nach einem Gesicht abzusuchen, das mir seit 1961 gefolgt war.

Auf der Suche nach dem Schatten

2015

Kai T.

1961. Zu der Zeit waren wir alle jung. Also musste er in meinem Alter gewesen sein. Dann wäre er jetzt 76.

Wir waren lauter Jungs und sprachen darüber, ob die Gerüchte über den Mauerbau stimmen konnten. Wir waren alle ein wenig *high* bei dem Gedanken an Abenteuer. Über die Grenze gehen, was Neues probieren. Ein Typ war dabei. Mit wem er kam, weiß ich nicht mehr. Manche brachten Freunde mit. Wir vertrauten einander. Jedenfalls wollte niemand von uns weg. Hey, wir hatten hier unser Zuhause. Unser Heim. Das hätte Heimweh bedeutet.

Niemand von uns wollte das.

Aber die Sachen, die er über meine Eltern wusste. Er musste mir schon zum Kyffhäuser gefolgt sein. Bei der Wanderung damals. Wir sangen. Einer dirigierte dazu.

Jetzt fällt der Groschen.

1974. Genf. Die Cafeteria. Jemand beobachtete mich und meine Kollegin. Starrte zu uns rüber. Ich nahm das nicht wichtig. Bei der Sicherheitskonferenz gab es jede Menge Delegierte, und viele fanden die jungen Frauen attraktiv, die ihre ersten Arbeitserfahrungen auf dem internationalen Parkett machten. Meine Kollegin war eine von ihnen. Wie hieß sie doch gleich? Egal jetzt. Ich kam damals ja nicht gerade viel herum in der Welt und rechnete nicht damit, in Genf überwacht zu werden. Schließlich hatten die mich hingeschickt. Doch, da gabs einen Empfang in der Ständigen Vertretung der DDR in Genf, in einer dieser altmodischen Villas. War der Typ damals dabei? Erinnere ich mich an sein Gesicht? Sein Gesicht? Jetzt brauche ich noch den Namen.
Aber das Gesicht von diesem Mann. Doch, ich erinnere mich.

Chemnitz

2018

Dieter S.

„Ich höre Leute marschieren, Dieter", sagte Hildegard.

Ich nickte. Kampfstiefel. Das mussten Kampfstiefel sein. Skinheads mit Hakenkreuz-Tattoos auf ihren Hinterköpfen. Mit Schlagstöcken klopften sie sich auf die Schenkel. Sie riefen im Chor *Ausländer raus! Ausländer raus!*

„Kommen sie uns holen?"

„Warum denn, Liebchen? Wir sind keine Ausländer. Auch keine Migranten. Das ist unsere Stadt."

„Aber wir hatten Privilegien. Sie sind immer neidisch auf Privilegierte."

„Ganz ruhig, Liebchen."

„Vielleicht hatte König Barbarossa recht, als er weiterschlief."

„Ach ja! Der Kyffhäuser, die Hügel, wo wir wanderten und sangen, lang ists her! Damals, als wir erst anfingen, privilegiert zu sein."

Es stimmt, Privilegien machen andere neidisch. Und so waren sie auch neidisch auf uns. Damals, als ich dir vom Westgeld, das ich von meinen Einsätzen in Genf mitbrachte, schöne Sachen im InterShop kaufen konnte. Damals wie heute. Und sie sind neidisch auf alle, die anders sind. Und auf die Armen. Auf alle, um von ihrer eigenen Unfähigkeit abzulenken. Und jetzt will diese neue Partei, dass wir in die Vergangenheit zurückgehen, weiter zurück als Honecker und Ulbricht. Sie wünschen sich Hitler zurück und den Faschismus. Und das Volk will das auch. Das ist mir jetzt klar.

„Zieh die Vorhänge vor, Dieter."

„Wir sind doch hier zuhause, Liebchen", sagte ich und
nahm Hildegards Hand und drückte sie rasch, ehe sie sie
wegzog.

Eine Chemnitzer Oma

2019

Hildegard S.

Ich höre ihn, während ich Mails lese und ich bin zornig, weil er aufgibt und es gar nicht versucht und dabei weiß er so viel und kennt so viele.

Er sagt, es hat keinen Sinn, man kann alleine nichts machen, und ich sage, wir sind schon zwei und da draußen gibts noch andere.

„Aber ich bin nicht mehr dein zweiter", sagt er. „Ich hab das mit dem T-Shirt mitgekriegt, und mir hat es sowieso nie gepasst."

Ich nehme ein T-Shirt aus dem Schrank, es ist verwaschen wie die Erinnerung an die ersten Rockkonzerte. Ich ziehe es mir über. Ein bisschen eng, aber es sitzt, wie in den Blitzlichtern von damals, als wir die Scorpions im Fernsehen sahen und ich mir vorstellte, ich stünde in der ersten Reihe, mit dem Fernseher waren wir das ja ...

er sagt, er weiß es nicht mehr ... ich aber

und ich kucke in den Spiegel und sehe, wie das T-Shirt hier und dort kneift, also nehme ich die Schere und mache auf jeder Seite einen kleinen Schnitt, und ich blinzle mir im Spiegel zu.

Die selbstgestrickte Mütze in Rot und Orange ziehe ich mir tief ins Gesicht. Dieter sitzt auf seinem Stuhl und sieht mir zerstreut zu. Ob er mich wirklich sieht, weiß ich nicht. Er sagt nichts. Ich streiche über seine Wange. „Mach dir keine Sorgen", sage ich. Langsam nickt er.

Ich nehme einen Button aus meiner Tasche. *OMAS GEGEN RECHTS*. Ich stecke ihn an meine Mütze. „Ich gehe dann mal. Warte nicht auf mich, wenns spät wird", sage ich und gehe raus, zu meiner Demo.

Wo die Opas sind

2019

Kai T.

Sie hätten in der Schule sitzen sollen, aber sie waren überall in der Stadt. Man kam gar nicht durch bis zur alten Schädelgasse. *Fridays for Future*, *Extinction Rebellion*, sowas hatte ich noch nie gesehen. Chemnitz wurde überrannt von einer Horde, nein, einem Geschnatter ernsthafter Teenager mit Transparenten.

Bisher war ich immer haarscharf an allen Schwierigkeiten vorbeigekommen. Tief im Inneren wollte ich durchaus mal Ärger machen, aber ich war eben immer Teil der schweigenden Mehrheit gewesen, hatte mich zurückgehalten und mich nie deklariert. Es war bis zu einem gewissen Grad bequem, als Zaungast dabei zu sein, nur hatten die Mächtigen den Zaun errichtet.

Doch, einmal hatte ich mit einem dicken Fremden gesprochen, der sich lautstark beschwert hatte, ich weiß nicht mehr, worüber, als er wegen der Reise nach Prag in der Schlange stand. Sogar über diese Reise hatte ich zwanzig Jahre lang nachgedacht.

Natürlich, es gab unsere Briefe, nur ein paar, Magdalena und ich wussten beide, dass sie geöffnet und gelesen wurden. Allein die Vorstellung, dass jemand - meine oder ihre Stasi – unsere Liebesbriefe las, während sie mit Jiři in Malá Strana zusammenlebte, ließ mich erröten. Und als ich nach Prag kam, funkte der Staat – diesmal ihrer – dazwischen und ich verlor Magdalena, gleich nachdem ich sie wiedergefunden hatte.

1961 hatte ich gezögert, mich nicht für die eine oder andere Seite entschieden und einfach den Staat machen lassen, wie wir alle. Aber jetzt waren die Kinder auf der Straße, seit Wochen, Monaten schon, freitags schwänzten sie die Schule und demonstrierten für ihre Zukunft. Ich musste in die Stadt und mir das ansehen. Wenn ich dabei war, konnte das sogar eine Unterstützung für die Sache sein. Klar, ich würde längst tot sein, wenn die Apokalypse kam, aber es war ihre Zukunft.

Die Zukunft der Kinder, die ich hätte haben können, wäre ich über den verdammten Zaun geklettert. Meine Hände zitterten. Mein Puls raste. Ich holte tief Luft und drängte mich durch die Menge bis zu einer Gruppe älterer Leute, meist Frauen mit roten und rosa und orangen Mützen in einer Kakophonie der Farben, ältere, viel ältere Frauen, in meinem Alter, die Transparente hochhielten, unerschrockene Großmütter, die das auch zeigten: *OMAS GEGEN RECHTS.* Rechts, wieso rechts? fragte ich mich. Hatte nicht meine gescheiterte Deutsche Demokratische Republik die Rechten bekämpft?

Verkehrte Welt. Nur die jungen Leute wussten, was auf dem Spiel stand. Ich bin so müde. Es ist nicht leicht, allein zu sein. Schwer zu begreifen. Ich könnte heute Großvater sein, wenn ich mir ein Herz gefasst hätte. Aber ich hatte zu lange gewartet. Mein Gesicht wurde heiß. Immer nur gezaudert. Nie gehandelt. Aber noch hatte ich etwas Leben in mir.

Ich drängte mich durch die jungen Leute zu einer Gruppe älterer Frauen mit Oma-Transparenten. Unter ihnen stand auch ein Grüppchen Männer, die Oma-Schilder hochhielten. Die Frauen mit den bunten Mützen grinsten breit und ließen mich durch.

„Hallo", sagte eine Frau in meinem Alter und hielt mir die Hand zur Begrüßung hin. „Ich bin Hildegard. Komm doch zu uns."

Die Briefschatulle

2019

Hildegard S.

Er sah so nett aus, aber sehr einsam. Viele von uns Oldies sind einsam. Dieters Verstand war mit den bösen Erinnerungen dahingegangen, jetzt war er in einem Heim. Erst vor einem Monat wurde er weggebracht. Nun bin ich allein. Ich besuche ihn jede Woche, aber er kriegt es nicht mit. Ich bin nicht einsam. Ich habe eine Aufgabe. Wir kämpfen immer noch gegen den Faschismus. Junge und Alte müssen gemeinsam für die gerechte Sache aufstehen. Dieser nette Mann. Ich fragte ihn, ob er auf eine Tasse Kaffee und Kuchen mitkommen wollte. Ich hatte einen guten Stollen gemacht und es war noch welcher übrig. Er sah aus, als wollte er reden. In diesen Tagen schien das Reden alte Wunden zu heilen, oder wenigstens verging die Zeit dabei. Es wurde früh dunkel. Wenn die Sonne untergeht, kommen mir alte Erinnerungen in den Sinn, wie auf Besuch.

Als wir noch Kinder waren, stellten wir uns in einer Reihe auf, bückten uns und warteten dann, bis wir dran kamen. Wenn meine Freundin an der Reihe war, die später Leichtathletin werden sollte, lief sie mit vorgestreckten Armen, setzte die Hände auf meinen Rücken – ich stand vor ihr in der Reihe – ihre Arme schleuderten sie hoch und sie grätschte die Beine, flog über mich, und sie landete, nicht immer sauber, manchmal fiel sie hin, und manchmal war die Landung bronzemedaillenverdächtig – für Gold reichte es noch nicht, aber immerhin. Gold kam erst später. Auf dem Weg dorthin gab es blaue Flecken, sogar gebrochene Gelenke, schmutzige Gesichter mit Tränenspuren, aber am Ende war es das doch wert?

Man nennt es Bockspringen. Aber wer denkt an die Schmerzen?

Und nun sollen wir uns hochkatapultieren. Sie lassen die Goldmedaille vor unserer Nase baumeln und warten, bis die Langsamen, die Zurückgelassenen, die Hungrigen danach schnappen. Ob die wohl wissen, wozu das Ganze, wenn sie die gar nicht so schöne neue Welt preisen?

Aber die Kinder ... Die Kinder ...

Sein Name war Kai Timmens. Er erzählte mir von den alten Zeiten, bevor er als Übersetzer in der Welt herumreiste.

„Glauben Sie, dass König Barbarossas Erwachen schuld am Fall der Mauer war? Dass er zu früh aufgewacht ist?" Seine Stimme verlor sich.

„Ich weiß nicht, was Sie meinen", sagte ich, schnitt eine Scheibe vom restlichen Stollen ab und legte sie auf seinen Teller.

„Der Kyffhäuser", sagte er. „Dort machten wir gerne Rast. Wir sangen. Da war ich noch jung."

Ich starrte ihn an. Kai T! Das konnte doch nicht sein.

„Warten Sie hier", bat ich. Er schaute überrascht drein.

„Sie können mir vertrauen", sagte ich. Als ich mit der kleinen Schachtel zurückkam, die Dieter unten in seinem Schrank aufbewahrt hatte, stand Kai T. auf.

„Sie haben meine Frage nicht beantwortet", stellte er fest und biss in den Kuchen. „Ausgezeichnet", lobte er.

„Es ist eine Sage", antwortete ich. „Da gibt es viele Deutungen."

„Nur die der Sieger", sagte er und pickte einen Krümel aus seinem Mundwinkel.

„Warum können wir nicht an die Verlierer denken?" fragte ich. „Warum drehen wir den Spieß nicht um?"

Er sah mich traurig an.

„Da, nehmen Sie", sagte ich. „Ich glaube, was hier drin ist, könnte Sie interessieren."

Kai T. nahm die Schatulle. Er sah durch mich durch, fokussierte dann wieder seinen Blick. Als ob er Bescheid wüsste.

„Danke“, sagte er.

Wir standen da und hielte beide die Schatulle. Uns verband eine Vergangenheit, die immer gegenwärtig sein würde.

&&&

Biografie der Autorin

Sylvia Petter lebt seit 2006 in Wien. 2009 erwarb sie ihren PhD in Kreativem Schreiben an der Universität New South Wales in Sydney. Seit 1995 erscheinen ihre Erzählungen online und in Magazinen wie *The European* (UK), *Thema* (USA), *The Richmond Review*, *Eclectica*, in der Serie *Reading for Real* s (Kanada), in der Anthologie *Valentine's Day, Stories of Revenge* (Duckworth, UK), bei BBC World Service, in weiteren Anthologien in Buchform und online, z. B. *Reflex Press* und *Ad Hoc Fiction*.

Ihr neuester Erzählband mit dem Titel *Geflimmer der Vergangenheit* (Riva Verlag, Germany, 2014) enthält 21 Geschichten, die aus ihren englischsprachigen Sammlungen *The Past Present* (IUMIX, UK, 2001), *Back Burning* (IP Australia, mit dem Best Fiction Award 2007 ausgezeichnet), und *Mercury Blobs* (Raging Aardvark, Australia, 2013) ausgewählt und von Eberhard Hain (Chemnitz) ins Deutsche übersetzt wurden.

Unter dem Pseudonym AstridL erschienen erotische Geschichten in Anthologien in den USA (Alyson Books) und Großbritannien (Xcite). In Australien kam ihre Sammlung von 17 erotischen Geschichten unter dem Titel *Consuming the Muse* (Raging Aardvark, 2013) heraus.

2014 organisierte sie in Wien die 13th International Conference on the Short Story in English.

Ihr erster Roman, *All the Beautiful Liars*, wurde an dritter Stelle für den 2016 Yeovil Novel Prize gereiht. Er ist als Eye Bolt eBook von Eye & Lightning Books (UK) sowie als Paperback und Hörbuch erschienen.

Sylvia Petter bloggt auf ihrer Website www.sylviapetter.com. Dort finden sich weitere Informationen über die Autorin und ihre Werke.

Biografie der Übersetzerin

dan*ela beuren ist in Wien geboren und als Autorin von Lyrik und Kurzprosa, sprachkreativen Rätseln, Übersetzungen und Songs sowie Schreibberaterin tätig. Zahlreiche Veröffentlichungen und literarische Performances, solo und mit der Autorinnengruppe *grauenfruppe*. Mehr unter www.sprach-raum.at

DANKSAGUNGEN

Die Flash-Fiction-Novelle *Winds of Change* (englische Fassung) entwickelte sich aus einer von Nancy Stohlman geleiteten Online-Klasse zu Flash-Fiction-Novellen.

Einige Abschnitte erschienen bereits in leicht veränderter, längerer Form in meinen Short-Story-Sammlungen und in meinem Roman *All the Beautiful Liars*.

Den Umschlag hat Gerfried Mikusch (Content Design, Wien) gestaltet.

Die deutsche Fassung stammt von dan*ela beuren in Wien.

Mein herzlicher Dank gilt Michael Hain in Mainz für die sorgfältige Durchsicht der deutschen Fassung besonders in Bezug auf die Details zum Leben in der DDR.

Ich bin dankbar für die langjährige Freundschaft, die meinen Mann und mich – noch vor wie auch nach der Wende – mit der Familie Hain in Chemnitz verbindet.